詩是屬於夏娃的

——碧果詩集

．一位超現實主義的異數
．風流詩壇半世紀的怪傑

〈瓶子問題〉無法遏止的，
是我不去想你，
因／你是大海裏一朵浪花誕
生的／你是春花秋月甜度如蜜的總
合／且　以晶藍的方天，為其魂靈
血肉的現實在介乎人神之間的描畫
／如果，你我隨著詩的節奏行進／
推開所有門窗，使目光越過僵化的
／山和水，浸在微濕的空氣中／此刻，
我們眞的需要一面鏡子。因／

序

詩是語言字詞展演藝術的形構
——摘自碧式語錄

碧果

詩。是我的生命。是我的思想。

詩。是說與不說的內含人間性的，說。

詩。是感悟藝與美的一種魔性距離。

詩。應以人為本位。

當詩人處身一個象徵、暗示、隱喻策略的現代。詩人在語言方面已建立了自我獨特形象之獨白，脫離了各種宰制和馴化的悲哀，或叛離與拋棄傳統僵化的束縛。繼之，展現詩人自身形象與個體存在之經驗。

詩人是立足在以人為基點的始終醒悟的位置。挑戰新的視野。詩人負有對社會的診斷，以及，生活所映射出當下的現況狀態的導正責任。我視這種行為，為批判性質的省悟。

詩人的榮耀是有權役使文字、語詞去爭取靈肉之外的思維與事物命名的喜悅。詩，不為文本辯護，只表達內在世界與自我的對話。不向誰傾訴。但詩的門是開啟的，權在進入者如何選擇進入的門徑與方式。

詩的語言應在日常生活之（內）外。沒有一首詩的語言不含絲毫的隱喻的成分。不論「詩言志」或「詩言體」，其實，文字與語詞在意涵上，均有一些隱喻成份在。

詩的語言，絕非直接從頭到尾，平白直敘的表達。而是作者圍繞著他要表達的事物（思想）的核心，由外而內，或由內而外的表現。——詩，乃是來自詩人邂逅意象的那一剎那。

詩最上乘的語言，乃來自感覺的世界，使感官上的意象美，更美。而語言文字與視聽的官能有著密切的姻親關係。當我們看見一朵花，或聽到一種音響，均可產生心靈與思想上的場景浮現。繼之，激發出燦然的火花。

詩的文字語言，不單純是溝通知識與追憶過往意涵的載體。因詩之創作者對作品表現的權能，在其對過往、當下、未來的事物全面確切的「觀照」。以及，對內（外）在世界（心象界域）之喚醒，觸撫歷史、文化和社會的血肉母體；並依主客體與他者融合後，所界定之界域而感應出的文字語言，來呈現事物核心的原形與企及，使詩作得以顯現出原初直覺的意圖，並衍生新的視野，在其暗示、象徵、隱喻等潛在邏輯範疇內，得以存活。並擴大作者自我批判與反思的空間。

詩的文字語言操作與形塑，是自由的、思想的、自約自治，呈露哲思、禪道聯姻的，形式獨立的一種自我獨特的美學體現。而非約定說教，口號直陳的表述。也就是一種呈露作者自我靈光犀利閃現思潮的美學藝術。

詩文字語言的張力，乃在既有的美感魅力約束之（內）外，來自參與和滲透，解放與自由。

詩的語言，是於私我經驗中生發的。由經驗生發的語言，更能生發出新意。

詩人將肉體與靈魂攪拌在一起，就是詩的誕生。是以，詩人均以骨血作為語言的母體。——詩中所建構出的無言的空白（分段與空行）也就是思、悟、禪的位置。光的位置。神佛的位置。

詩人，是一棟統體鑿窗設門的房子。

詩人，應注重反觀的經驗。「反觀」的歷程，是由現實外在世界抵達自視內在的世界的旅程經歷。也就是由現象到心象的旅程。——也就是由自我、非我而抵真我的旅程。是以，詩的骨血在「意象」。

「意象」在詩中的異變轉位，乃經由內心世界想像空間的內化運作，是以，超現實技法的詩創作，也多數是把想像空間內化。而後，經過辯證與邏輯的提升和聯想的延展，始能臻至表現技法之極致。這也是創作者的一種自我內省頂真的課題。也是禪道（知性）的一種終極。至此，始能完滿臻至「超現實」主義作品表現的精髓。

在現代的詩的語言中，不論是正面或反面的象徵與暗示、隱喻，有時在意涵上，多少都會含有一些對現實面對事物的批判性質。尤其在二戰後的半個多世紀的時空內，至今，在我漢語文化中，尚在暗潮洶湧的策略性的運行著。原因是我們不要被西方文化沖昏了頭殼。在心理上，可說是一種優質的抗拒。但我們更要在抗拒中張顯自己固有的文化，才是上乘正確的作為。

而詩是私我的高度精質語言的藝術。所以，在表現對現實有所批判性質的意涵時，我常喜用超現實主義的多義、歧義性的象徵手法，創新鮮活的意象語言，將聯想的空間拉的格外深遠寬廣，卻半露意涵。就如同攝影師的底片，在暗房中，延長顯影與定影的時間，以彰顯朦朧的美感的效果。

詩人介於人神之間，或左右，或人神面相的合一。所以說，我心中的神，是人創造的。我始終視自己為自己的「神」。——其實，超現實就是純粹的現實。就是我們面對此刻當下的現實的現實。

詩，應是一活生生的自我之展現。因此，所有詩的創作者，都是一顆孤獨的晶體。——詩人在語言語法上，都可以是奇異、獨特的背叛傳統的習性，但絕不可背叛作品中的之真之善之美。儘管是受苦受難，受其方家譏嘲，也要毋須膽怯與閃避的去發現自我的發現，使詩想與語言凝為一體。

詩，著重在文字語言的語法的獨特性。無關時空遞嬗，文化使用的習慣性。如果，作者執意遵守，符合於一般傳統習性，是必，又陷入靜止與赤裸、蒼白，或偽抒情、偽浪漫，沉淪夜之深層。永絕清醒的時刻，而失去語言創新的純粹性。瘦弱在當下。

詩眼。它存在於一首詩的某一點上。知性或理性的抒發均可。而在一句質素具備的詩句中爆發開來。以象徵、隱喻、暗示的語言，彰顯出詩的張力與內涵，使全詩亮麗的活起來。此謂之「詩眼」。「詩眼」也就是一首詩的骨血與靈魂。

詩人最親密的界域是自我內心的世界。詩人應退隱到自我內心世界，看視面對的外在的現實。因為，詩人的內心世界，大如無限。

詩人應處身在真實世界中，反向潛入靈魂深處，挖掘超感覺的對話。

一首完整的詩作，也等同於是一種文學藝術的美學的體現。

詩的形式，有時是因內容滿盈，或字詞意涵的延展轉換而形成。形成另一蹊徑的建構，其轉換在反思與辯證中，轉換在肯定與否定中；轉換在時間與空間，相互交錯離合中。——為了詩豐溢的內容，使之音樂性、節奏性的突顯效果向外擴張，詩的形式雖然不拘方圓，貴在依內容而形成。但要切記，不虛妄，不恣意浮誇造作，才能使其結構嚴謹，妥貼，圓滿而完整。

詩人。就是「詩人」，什麼也不是。

二〇一〇年二月二日於孵岩居書屋

卷一

詩是屬於夏娃的

卷二

解放夜這個名詞

卷三

在世界被支配的折疊中

卷四

房間裡有幾個人在幌動

卷五

一尾悲劇性的現代魚

卷六

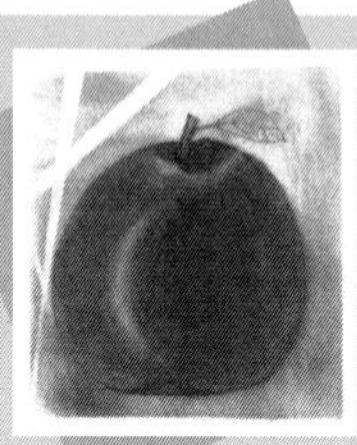

實有的空間

附錄

卷一

詩是屬於夏娃的（十三首）

詩是屬於夏娃的

我追趕一個追我的字
日夜在奔跑
看　一樹紅花的蛻變
直到我追上那個追我的
字。
驟然　我之四壁
迸出，一聲驚天慄地
的

嬰啼。

二〇〇九年十一月十日《聯副》

復活的詞語

我的詞語被花盜走
做了嫁衣。

我的詞語被鳥兒啣去
築了香巢。

我的詞語可釀蜜，也可造酒

雲　因為
我的詞語，哭了一夜
待黃葉飄盡

大雪紛飛時
門外何來扣門聲
夜，正半。而我　且
成詩一首。
等你。

二〇〇九年六月六日《華副》

花的誕生

為了愛
發現一部受孕的機器
在體內，揭示
雲的無限能量

為了愛
總感覺那姿勢在拒絕
不，負面沒有消沉
答案在酵芽

為了愛
遼夐的漫野
是我的對手。在我的五內
成為美的秘密

被解剖的是自己
弔詭的是神的安排
所以、因為、但是
為了愛
綻放窗外的，
是朵艷紅豔紅的大紅花

二〇〇七年八月十日《人間福報》

花的傳說

五彩的仙諭，神佛的意旨
你是天地間的詭辯與狡論
哦，千年日月的精魂啊
蜂蝶因你而來去
施與捨在瓊漿和蜜液的答案
自青衫人偶在巷的內外隱沒之後
在真偽左右，是一則屬性為水的言說

（既然，來了，
幹嘛，還要走呢！）

二〇〇三年九月二日《中副》

看雲

該誰聽誰說呢
這是個問題。

他獨坐在窗前
看雲在他窗的上端浮動
其實你和雲是一樣的
你只是在你的時空內
進進出出
出出進進
雲
也一樣
在同一時空內浮動、消散

當下
但你不是雲。
如果，不能容忍這兒的　風
那就沒入雨裡去吧，

這是個問題
他獨坐窗前
看雲。

二〇〇〇年八月二十三日《聯副》

美的位置

舞台上
有一盆栽
花　正綻放。

讚賞的我們把描述放在心裡
所以靈動的詞語
均是生氣豔麗的鮮活
不幸的是我們總是把答案
脫口而出
美，
就不見了。

日昨
某人就在　是其所是的美裡
轉身
去了遠方。

二〇〇九年一月七日《華副》

二〇〇二・三月

黑髮男子證實為春之代言人
解放詩的血肉是一陣孤獨的夜雨

像往常一樣，我們卻等待的癡立鏡前
河水均以自我的面貌經驗流向
窗外對等的春天在笙簧旋律中舞動
其興趣主因在深耕綢質的三月

哦
恰如電單車疾駛深夜驟然的吼叫

而三月如出爐的麻醬火燒，滾進腔腹
醞釀另一個三月似火的形態出生
所以
窗外對等的春天在笙簧的旋律中
　舞
動。

二〇〇二年十月十四日《自由》

菊之魂

風
是一種不可遏抑的姿勢
一株自覺的樹伸頸牆外
窺探巷內巷外的咻咻之聲

一粒塵也俱殘生，且被
淡白的月光在窗隙間任其擺佈
猶若身後掀動的一角素裙

猶若獨語一句，也許
也許，即是火的前世之前世

秋的景物於焉展開
在長窗內的燈下
蜷曲為一簇呈露笑靨的菊花

唔，眼與眼在夢境中相互撞擊
人物和事件沐浴在象徵與隱喻的灰白
一切都戲劇化了。所有角色反轉身去
急速沒入一方無法抗拒的空裡，而
成
菊。

二〇〇二年十二月十八日《華副》

秋與咖啡

在藍而晶亮的界域
使自己介入空虛與孤獨的乃一株桐
穹空藍給自己，也迷住自己

葉，落了。腳步鏘然
在鬆軟的厚度上享樂
在透藍的空裡抓住一枚落葉
姿勢正引身向上的那人，弓著背
似是血量不足而頂禿的男子
消沒在街的拐角。之後
皮質扶手椅上是一灘月光

是泛出暗黃的一曲雙簧管音調
步入壁間畫幅和一杯濃縮咖啡
香醇。

香醇
乃　令人不可言喻的存在之喜悅
乃　輕如一枚落葉之
香醇。
哦　那男子
且現身在街的拐角。之後：

二〇〇二年十月二十五日《青副》

有翅

有種聲音在我體內抽芽
早已長成枝葉繁茂的大樹
許身為想像，成為我之獨白
絕非物化。因

我
乃
獸。

穿體而過的
是陣風雨狂驟
我們　都張開嘴巴，打著哈欠

所以
我們都有翅，而不翔。
唔　喜怒哀樂，都在小丑的
紅鼻上。嬉耍
之後
我看你看見的　你。

（原來如此。）

二〇一〇年三月《幼獅文藝》

我們還在敲門

四向張望
滿眼飛出飛進的　字
眩目為星河般懸浮著
附著奇魔四射的光芒

然而　我們仍在敲門。
（房東　在　不在？！。）
房東早已遠離了
這僅是一間空　空著的

空無的　存在之　空
然而，我們還正在敲門。

唔
劇情　就是這樣
我們正在敲門的回聲中
敲門。

二〇一〇年三月《幼獅文藝》

移動的邏輯

時間在死亡的體內窺伺
追尋沒有面孔的現實世界
故事就發生在你我的身邊
想像為活人今晨的一切

歌聲在遠遠的遠方
折返的是一聲刀鑿騰飛的初啼
在一個秋日的傍晚
落籍四方黑色的土壤
兀自，完成一種
邏輯的移動

張目
迎風而來的　是
一株
四肢繁茂之　松。

二〇一〇年三月《幼獅文藝》

因為我們就是因為

充斥著　我們靠近
的　一句話：
在此　留下來吧
門

是開啓的。
除了微腐的味道
什麼也沒有
而
這種味道，憑誰
也不能忽略。

因為
可以三百六十五度反轉的
是
我之顱顏。因為
我們就是　因為。

二〇一〇年三月《幼獅文藝》

卷二

解放夜這個名詞（十六首）

異形之夜

夜　如晝。
大廳內迴旋的樓梯上
擠滿血肉抽離的　空無的什麼
無數張開的嘴巴　噴出火山的岩漿
聲如空爆。

我　沒聽真切
大夥們　說了些什麼

終了
燈　都遁逃了。

夜　像隻流浪的肉食生物
被一張大手捉住，混天黑地的
扔在一輛正開走的車上。

二〇〇九年冬季號《創世紀》

當我之軀走進夜（一續，異形之夜）

當我之軀走進　夜
夜也就走進了我之軀
而　在黑中看見黑的
是

我

衍生而出的　無法言詮的
在　夜中分享
不朽。是
我之空無。我之詞語

知否
時間擺盪在時間之中
戰事喜悅在死之腹上
夜　為甜美而溫熱之舌
樂趣在黑中看見黑

黑
之　必然。必然　為
四牆　為
無窗之隱喻。

二〇〇九年冬季號《創世紀》

夜。是匹傷人的獸（二續，異形之夜）

夜　是一匹傷人的獸
而我迅然刺出一把匕首
如僵化之河，被挑起幾處漩渦

臨河的　山
樹上蜜桃已榮耀成精成魔
只有一株老淚縱橫之　桃
悲喜俱在扮著鬼面

伸出汁液豐沛的長舌
自療。在美成黑暗的黑中
陪著一滴尚未墜下的

淚。
窩心的　載我
奔向空空的
四壁
渡河。

二〇〇九年冬季號《創世紀》

解放夜這個名詞（三續，異形之夜）

一尊丹丸的　夜
內遁。滾動在溫柔的紅舌之間
抵達心原之上　如盞燈的
火焰，遞給一株千枝萬葉的
花開唰白的　杏樹
正柔指微顫在晨風將臨時
惹的我背脊　好癢

唔
為啥
床

也以古老的表現形式
感性而複數的
達達主義的

達達了起來。

二〇〇九年冬季號《創世紀》

夜的條件

燈火通明　五顏六色
沒有瞳孔的夜之眼
街景深遂而幽遠
在光的纖毛裡　游移不定
象徵的在表達窗內的世界

黑在　評斷你我
黑在　評斷夢與被夢
黑在　評斷美與醜的纏綿

唔
慢慢消融的是站在這裡的我
因　有風
自轉。
在街角繁殖
一串
屬性為　虹的
呻吟。

二〇〇九年十二月九日《聯副》

夜的進行式

風雨寫下我們自傳性的虹與夢
我們以光交談
為了透明　我們也漸次為　光
讀　讀也讀不完的　海
與　自己

當下　房間巨大性的空著
而未能容載一滴淚珠的飽滿
夜　已不再孤獨

唔　我們卻面對那個陌生的他的我們
位格在空無裡
距離墜落　　很遠
所以　我們始終是站在我們的外邊
所以　我們以光交談。
最終　看見我們的是
夜與土壤。
為何　與之相遇的是
深層的
更疼。

二〇〇九年十二月十七日《自由》

出夢

河面上，閃著一層光影
群魚尚未游出迷人的把戲
無解的一團謎，漂浮著

花　是開了。
午寐的阿屘老爹在夢中，仰望
空裡懸著一張羅織完好的　網
兀自一隻粉蛾，扮演著阿屘老爹
飛出裂開的肉軀

「下毒手的，滾出來！」

被網著的粉蛾，慘叫著。之後
悠忽間，網與粉蛾，都不見了。
現場
僅留下，走出夢境的阿屘老爹。

二〇〇八年三月春季號《創世紀》

題的左右

開場
有點暗示的襯景，比較妥切
把想像的空間延伸
如　六月的天空。一張喜怒無常的臉
曖昧成蝶與花的午寐
角色與目地一樣，專注熾烈的　火。
旅程已臨旨趣

罔市阿婆從來沒有想過
搖身為千手之佛。或是

百足之蟲。匆匆
無限。

二〇〇七年冬季號《創世紀》

讀詩

每個　字詞
均是一個　黑洞　而
我們總是喜歡
把自己釋囚般的，逼進
黑洞深處
如同縮回自己的眼瞳
在黑洞中
有光亮的通道裡
尋覓自己。因為
黑洞之外，是

張口就可嘔吐
一個美麗的　瘋子的
字詞。是
一則迷死人的　結局。是
蟲、魚、鳥、獸的
春色無邊。是
鑼鼓喧天。

二〇〇八年八月三十日《聯副》

看花

我要以我走出去的我
而非複象為你或他的
四周的景色

一日
我走出巷口
總是與往日一樣
風　是風。雨　是雨。
左邊有路。右邊有路
如果，一直繼續走
總可溶入雲端　走入天空
如果

一去不返。或者
砰！地一聲
感覺中，說明是隻黑貓脫逃歸來了
在經驗裡竄入暗處
之後　也許
可治癒什麼

唔　當下
為了使自己更貼近自己
也僅能靜立不動　　看花。
防癌。

二〇一〇年一月三日《聯副》

夜的外邊

在初春的某個夜裡
一串抓不住的輕笑，閃出西屋
困惑你我的是面對的答案
請勿非難大地與衍生而來的塵世

哦　當下的自身就是答案
無法理解的是加入問題
應在自審之後，聽聽、看看、想想
不然，光　會由你我的面前蹓了

像雲與天空的關係
捧在二大爺的雙手中
是那碗熱呼呼的小米粥
被揭露的是相濡兩歡的事
次日
跨越東牆的仍是金色的陽光
這些都客居在二大爺的肉身之內
回　首　前　塵

二〇〇五年七月二十六日《聯副》

因為春的關係

潸然　淚下
在　一株骨血繽紛的櫻花樹下

潸然　淚下
因為　春的關係
匯集的河流把隱喻揭示
暴露閃光的體態
切斷天地間那段粗謔的陳腔
一切解讀均被嫩黃的芽　摧毀
因為

他　已氣化自己
深陷在美的獨白裡
陶然的　棄械
投降
給
淚。

二〇一〇年四月二十六日《聯副》

不說之說

因

自己看見無藏的自己
為了無翅以對
夢　以汁液滋養我們
是墜落。也是上升
景物向四向曝光
那永不止息的波光啊　邀我
所以　我想從我中走出
一半　分予紅花與綠葉
另一半　抑或
全部

在一縷微風
一場驟雨內　擴張
為
擴張
的
感覺。

二〇一〇年三月二十六日《聯副》

感覺

無論　是方中有圓，或
是　圓中有方，均為
渾然天成的

方和圓。
多麼希冀　此刻
在方與圓的　空裡
有顆什麼易碎之　物
驟墜。抑或
爆裂開　花。因為

我想出去
感覺
飛。的
感覺。

二〇一〇年二月七日《聯副》

人的故事

什麼事也沒有發生。
我們設法在時間的隙縫中
或者　斷崖和岬角
走了出來。背後
尚未走出的我們
經常兩眼空茫的
望著我們的背影
或　天空。
脫口而出

「白癡」。

之後　沉默存留下來的我們
依然是一群什麼
魚貫的
走向時間的出口。
什麼事也沒有發生。

二〇一〇年二月四日《華副》

矛盾是一匹趕不走的小獸

時空在無數次跳接中
把我們拼貼成今日的尊容
當情節有所蛻變
那四肢僵硬的
無舵之舫　就會卵化
繁衍為　一匹
或哭或笑。或生或死。或東或西
或黑或
白的　自己

所以
日　夜　晨　昏
花　鳥　蟲　魚
杯　盤　碗　碟
都在本事的勘誤中
鼓掌。

二〇一〇年三月十日《自由》

卷三

在世界被支配的折疊中（十二首）

在世界被支配的折疊中

——寫給世間所有馬戲團中的人、獅、虎和猴子等動物

在世界支配的折疊中
有些故事就略而不談了
其中，隱喻弔詭了
許多人與物就嘴歪眼斜了

啊
現存在的
他
火速的

縮回自己的
眼睛

靜
觀。而後
潸然　淚下
（或者哈哈，大笑三聲。）

二〇〇八年十二月冬季號《創世紀》

自剖

我是　風。
無需蓄意進入
我　抵制所有的門與窗
花　是揭開春天的秘密
我們只是祈禱自己。在看與見之中
神明都是來自信奉者的傳說
枯死的苦梨在想像中結實纍纍
人與神的呻吟揉攪成一曲交響
愚蠢使我們光芒四射

所以
芽　是枯樹逢春的喜悅
也是語言的一次傷痛

所以
在至高無上的場域裡
我要近身那樹紅花

因為
夜的子宮是荒野裡一盞孤燈
故事在微顫的燈火裡　等死。

二〇〇八年十二月冬季號《創世紀》

註：選入二〇〇八年年度詩選

自剖（續一）

穿透空間的是時間
消溶於時間之中的是空間
無顱之蠅就是我們
追尋迷失的自己
所謂應該革命的　風景

為　花。為　夢

「放　我　出　去！」

掩耳狂吼者
實為肉身深處的自己
架勢十足，一如俠客。因
有濟於事的方式
是把肉身俯首為　奴
執著為一席晚餐。吞食
殆盡。

二〇〇八年八月冬季號《創世紀》

自剖（續二）

我　等我已遠去的自己
兀自轉身，走回我的我
是　一朵　花
的面對。成為滿盈的
風景。成為
血肉的
凝視。而

凝視
一位
恆以孤獨滋養，延展劇情的

且　由我中走出的我
兀自轉身
張髮
天地間，且　踽踽
獨行。

二〇〇八年十二月冬季號《創世紀》

自剖（續三）

一日
我的身形龐然了起來
而望著漸行漸遠的
身形，沒入
無分前後的 遠方
我僅僅記得那回眸的
眼神，透著刺人的
光芒。

之後
我立身在我的身外

只好把玩
口中吞吐似精魂煉就的
一粒　光球。
之後

在字詞的黑海中
溺斃。而
春汛卻驅來主宰內與外的
新的語言之

魚。

二〇〇八年十二月冬季號《創世紀》

時間的面貌

時間的面貌
猶似立在岸上的那位仁兄，赭色的
等待著絞腸的一股氣體擠出來
而後命名：

時間這玩意
始終糾纏沒有門窗的玄闇的死窖
死窖，僅有一個進出口，別無通道
唔，魚腥味來自最母性的所在

人們正在橫渡一條清濁分明的河水
驚悚的逃遁，張口向四方喧嚷
只有捕蚊器蹲在黑處
以紫晶的眼神察巡壁間的雲霧
並與夢舒伸、延展
化為或春或秋的
左右岸上的風或雨

啊　時間這玩意
猶似立在岸上的那位仁兄，赭色的
等待著絞腸的一股氣體擠出來
幸好，捕蚊器蹲在黑處
與之照面時，透出紫晶的眼神

二〇〇二年四月二十五日《聯副》

日暮前後

以草木護膚的早晨
在公園裡
我們都在運動　甩手
想把根鬚扎進靈魂深層土壤
如一株楓，不再流浪
滋養四季苦痛，為　火

因為　前一首詩中
自己還活著
而為折返年少的輕狂
展放為花的芬芳

因為　黑與遠
是熾烈如火的春秋大夢
在入口之後
只要沿著呼與吸的航道
仍可　享樂愉悅的
生之下滑的緩坡。

二〇〇七年七月二十二日《自由》

第一人稱

日落餘輝裡
遠方　一個純黑的逗點
在緘默中　前進

他來自赤裸的空間
剎時，溶入在空間的赤裸中
天地在空無孤獨中迷失

閉上眼睛，我們已被那個逗點所掌控
他已成為抑制我們的　獸
在腦中，在心裡糾纏不休

其實，謊言就是先騙自己的　自己。
其實，舞台上，誰說果陀　他沒來？

誰說
果陀，他　沒來？

二〇〇九年八月十二日《華副》

人的解析與墜落

我要以我的剖面，見　你
請萬勿吃驚，或　後退
這是令人著迷的存有
像一首詩般的
把自己在自身之內　逐出
這是我要你見到的　我。
或
人。的
面貌與位置。

嘍
偏偏是
一個我，一個你的，走過去
又
一個妳，一個我的，走過來。
其實
我們都是獵者，或
被獵者

二○○八年十二月二十八日《聯副》

蝗事

有句話語長了眼睛
醉在
心裡。

昨晚的雲，還在屋外
尚未受胎
為　蝗。

我們不談哲學
腦中
沒有天空

只有麥田。
想法已成典範
日夜與莖葉均屬習性
所以，口器，
像，刀。

二〇〇七年八月二十七日《自由》

沉默的椅子

廣場上
成千上萬的椅子們，瞽目聾啞
匯聚成一張巨大的椅子

為何
在　如此空間之內
我們都走不出自己的影子
但　忍無可忍時
我們會揮拳擊向液態的四壁

啊　人呵
僅只是坐在椅子上，而
歸屬為　椅子。
我們所能享樂的，也只是瞬間陶醉
因為
後面有許多相似於我們的
猴子，猛而狠的
坐了下來。

其　結語
我們只不過是那張巨大的
沉默的
椅子。

二〇〇八年冬季號《創世紀》

折返最初

歡娛的是我坐在燈裡
觀看肉身內外的風景
每一片落葉的墜下
都有雙天使般的翅膀
而為了後今日，我走進了樹的年輪
知悉落葉脫枝前的掙扎

人啊，逃是逃不掉的
因為，我們都穿著整潔
問題在如何分散你我的魂靈

使空間綻放如花
所以　等待萬能的蛆蟲來爭食
所以　打開門窗　五樂齊鳴
屆時，翅遮天宇。震耳欲聾
之後
折返　最初。

二〇〇九年秋季號《創世紀》

卷四

房間裡有幾個人在幌動（十五首）

房間裡有幾個人在幌動

或許
有人闖入
哲思就自然形成
為　各自偏執的骨肉
每個　人
都在心中，凝視著對方
緘默的　走著，而
誰也不知誰，走向何方

反正
門窗　已洞開

有人感到無路可遁
有人卻與門窗融為一體
而門窗已知道他可自由進出
他　也已知道門窗知道他的
企及。

但　在無盡的肉軀之中
陷溺在房間的
那　幾個人
仍在　幌動。

二〇〇八年夏季號《創世紀》

角色

一聲鑼響
（是偶然，也是必然。）——

我已把昨天還給了你
明天我再把今天還給你
行囊就完全減輕了
而後，像雲一樣的飄著流浪
流浪成一街的風景

兀自　喧嘩
鑼聲　掌聲　叫好聲

哦　耍猴戲的。
那　敲鑼的，以及
那隻被牽著空翻的猴子
在光的陰影內外
都變成了　他
狂熱的
自己。

二〇〇九年八月三十日《聯副》

瓶子問題

無法遏止的，是我不去想你，因
你是大海裏一朵浪花誕生的
你是春花秋月甜度如蜜的總合
且　以晶藍的方天，為其魂靈

血肉的現實在介乎人神之間的描畫
如果，你我隨著詩的節奏行進
推開所有門窗，使目光越過僵化的
山和水，浸在微濕的空氣中
此刻，我們真的需要一面鏡子。因

問題是噪音再多一個分貝
我們抱在懷裏的這只白瓷青花瓶子
就會
爆掉。
（這些道理，我們都明白——）

二〇〇三年十二月十四日《中副》

桃子

被時間粘附著就如同受審似的
空空的一天，又蹓入了夜，它還咕噥
感覺真像困在繭裡

翌日，穿一襲黑色外套，和一頂帽子
這些也仍是和昔日一樣的判決

（現實主義，最通俗易懂了）

陽光依是金黃色，蹬在腳下
在筆直的四線道洋灰路上

兩邊種的來自法國的小葉楊
咱早年傻高傻高的大葉白楊
聒噪在風裡，那聲音咱喜歡
那模樣，就像有面鏡子長在心裡

所以，自許的把世界，支撐著
所以，肉身被紅花佔領了，且
結出了，一樹成千上萬的

桃子

二〇〇四年十月二十日《聯副》

看見

遠方
看　與見在談論什麼
被一頭極機密排拒而出的
一個由黑走出黑的　黑
是

實存而空無的　影子
缺席在消化夢的體內
一赤裸在死中的活人
上升與下墜之外的
對話

是　遺忘前後
豢養夜的禽類
一說：
故事
在黑中與黑　交易黑。
一說：
光　在不遠處，借貸　光。
活命。

二〇〇九年十月二十八日《聯副》

人生四題第一題：嫩黃的芽

無端
反思　卻是絕妙的一次回眸
之後
解構禁錮春的是　河
乍洩嫩黃的芽　是
仿蛇的水流

戲弄透風的長髮
混搭繩的對應
赤裸以對　因
哺嬰的雙乳　因

我們把自己視為先知
視為無所不在的
永續的

卵。
核。
籽。

二〇〇九年八月號《幼獅文藝》

人生四題第二題：逆向存在

逆向的存在
是一株悖離的愛，如脫牙
如詩的音韻，翔舞林間
閃光為水的波紋
歷險在火的藍焰
肉身因死亡而濃縮

回歸來時的塵土
在所有的眼瞳裡，他已是一位初嬰
偎依溫暖的雙乳
因

我已置身歸途
如葉之墜落
由黃轉紅的彼岸
近了。
耄耋之身的嬰體
近了
逆向的存在。

二〇〇九年八月號《幼獅文藝》

人生四題第三題：斷髮

浪花喜讀我之臟器
慰藉軀內的潮汐

是誰　拑制我的進出
使敞開迅然關閉
我之界域應是通達幽徑而無阻
還我鮮活的細胞和愛慾
以虹分享與參與。因

你總是躲在一株柳的暗影裡
竟千刀萬戟的傾巢而入

那遊進冰冷冬夜的手指
毫無忌憚的舔舐肉的四壁
挑逗形而之上下的骨血。

聆聽你徐徐的風聲　因
我之牢獄在我之外
如朵白雲飄過，無需託辭
是危崖、也是隘口。吊著。懸著
面對坦然，面對那根斷髮

浪花喜讀我之臟器
慰藉軀內的潮汐

二〇〇九年八月號《幼獅文藝》

人生四題第四題：出走的時間

剝開　什麼
時間　就出走了。

原本
舞動的翅膀停止了。而
而已的　是
遠離狩獵。遠離童話。遠離草原
龐然起來的是黑
舞台上，平靜下來
黑　更遠。更深

試問　不朽是什麼
夢與愛，在窗外如尾鱷之午寐
是言說四加四的四肢　深陷
脫去衣物的是　風
是一陣風加速之後

不！
是塵土飛揚之後的

原初。

二〇〇九年八月號《幼獅文藝》

誰・「！」

我看見你無法看見的
你　卻狂喜在其中
而　唇，半開
說　你為紫色

超越匯集一切的此刻
怎麼
仍為流轉四周的景色
昂首　景致依舊
清醒，乃為走入街體的自己
自己如縮身自體的街體

唔
只是有別於你的進出
就這樣走下去
是可直達
的
消失。

二〇一〇年一月號《文訊》

岸上的故事

為了與自己約會
自己在自己的體內，向外看
應該是一望無垠的
空間之　海。
因為
故事在岸上
早已
生出了意義。
理由是
有人

無法擺脫窗的記憶
而經過細火慢燉之後
他
以美
奔向不再折疊的
當下。

二〇〇九年十一月《文訊》

空間之惑

被下作的時間　嗚聲如蠅
在屋子裡飛著
他在苦思論據的風口
與夢　與未竟之姿。——
為了　出去

凡是　來者
均向一道道通往夢的幽徑
門　是開啓的
內裡　是百花齊放　百鳥爭鳴

而　如蠅者
依然　飛　飛著
之後　四肢萎縮　顱顏
膨脹

而
屋子裡的四向為無垠的海
滾動著　為牆。為
門。為
窗

二〇〇九年秋季號《創世紀》

活著

開門
就已不及退回了。
胃腸與腔穴均已齊備
還往深處去嗎？

魚與砧板均在
迷路的酒香在風裡
密林幽徑之後
該是顱顏微傾的下午

唔
開門，就已不及退回了
漸層的黑，已緩緩加深
還往深處去嗎？
進入肉身，何處又見忘川

進入肉身，繭居為　蛹。
而開門，就已不及退回了。
而蝶，又為啥？
卻偏偏為弔詭之　火。

二〇〇七年秋季號《創世紀》

註：選入二〇〇七年年度詩選

樓的印象

——速記一〇一

樓層一十八

風在樓層之外說　樹在動
樓層之內的樹說　風在動
燈在每層樓之內窺視我們
我們在每層樓中窺視燈。

我們正雕鑿紅舌　為利刃
懲罰自己。因為

樹是樓層
樓層是我們。

我們是
瘋子。

二〇〇七年秋季號《創世紀》

拜燈之物

燈呵　夜，是我的
我已跪在你的面前
早就　成為　不說

不說　是
一方一圓的　不說
一隻一尾一頭一條一個的　不說
一莖一株一片一束的　不說
一句一行一頁一冊的　不說
唔　一格一品的　不說

燈呵　夜，是我的
在街體之上
跪在你面前的是我
是

不說的
我的　不說

二〇〇九年七月二十五日《華副》

註：偶然重讀舊作（一九七〇年代的）「拜燈之物」有感。

卷五

一尾悲劇性的現代魚（十三首）

形上活體語詞魚

破殼而翔前
我猛力撞擊寢間的四壁。因
一望無垠的鼓聲已逼近
這衰老的詞曲
面目斑剝的穿透樹叢、沙漠與海浪
痛為汁液，輸入床笫
誕生可望與可及的新的根苗
摩登為街衢的口糧
使隱身在顱內的距離，走出來
不然
斷了氣的

不是河水，而是岸上偏見重重的
鳶尾花。與
不分性別的
未諳產卵的語詞之　魚

二〇〇九年春季號《創世紀》

註：本詩選入文建會〈文創生活美學藝術作品〉

視覺味道

行色匆匆
千萬人，懸墜在刺目的陽光下
唯你，為了看我，坐在岸上
你已由四向進入我之眼耳
坐成我之姿儀，看　海。
而立身我之外的我，看見
海　在我面前。你　在我面前。

此刻，你是否已知道？

我之詞語，早在夢之外
蛻成一株新樹的圖象
告訴你，也無妨！
我是一尾在風中
日夜求變的　　魚。

二〇〇九年六月一日《自由》

夏夜奇譚

聽是方的
桌是圓的，面對而坐
攀籐而上，論說蟬蛻的喜悅
或急或緩，燃支香煙，以火為　餌
雲霧裡有陷阱，密設蛙聲
之後
在漫野的月光中，分手
之後
是不詳。還好，我們知道
適度加減血肉。

唔
絕妙在知道，被指咒的　是自己。
因為　我們是　魚。

二〇〇七年九月秋季號《創世紀》

魚夢之夢之夢魚

在黑夜的黑裡，掩面而泣
微顫在遠方的
一盞孤寂的燈火。在心裡
而故事仍在進行。因
魚我或我魚之我
多數是被烘烤或風乾的。
叵測，卻又每每回返河中，嬉戲
有誰，管它水流向東，或向西
哀傷中，其享樂為屈從於筷箸和口器
在不聞不見中，而面對死亡的那人
依然，自喻　為魚

舉目挺胸之後
什麼存在、解構、後現代
毫無預警的
伸手關緊門窗
倒頭呼呼大睡。什麼
日升。什麼月沉
什麼
天堂與地獄。
那人
依然　在不聞不見中，自喻
為　魚。

二〇〇九年春季號《創世紀》

魚的告白

天色暗沉。灰　是主色調
在詩未誕生前的狀態
擬象中的追索是　光。
所以　就是這樣子了。

在赤裸的一個場域中
象神在竄動著頭顱
姿儀是自領會神的
語言懸浮著擴散為雲。為風

火在四週燃燒這段時空
他已成灰燼中走出來的　形式
突如其來的，不是在與不在的放入
而是，人人獸獸的一種符號
張牙　舞爪

嘿嘿
他　正在啃食一片
遍體鱗傷、血流滿面的
雲。

或者　自己。

二〇〇九年三月春季號《創世紀》

一尾悲劇性的現代魚

翻開　詩集
就可看見一群瘋子，跑出來

花說：
春的生活，來自遠方的
身邊的，桃李與杜鵑。
盛開之　荷、佔據夏的拔萃
蟬說。

風說：
秋是
落葉的獨白。

窗外的
雪說：
以降伏式的白，宗成分割
意象的世界

扣緊門窗
夜說：
燈下的詩集，冷在睡意中
而瘋子們
在皚皚的白雪中，消隱匿跡
魚說：
這些自白，均在審判之外
游著。

二〇〇九年春季號《創世紀》

超現實的一天

時間與空間
宛如兩枚玻璃彈珠
我把玩著　滾動
發現那被攫入的風景與自己
感覺是貪婪的自私
殘忍和無奈

晨間
有隻鳥　對我說
這又是關乎美與醜的一天
因為　拒絕僵化

我魚一般的游向自我
其實　說穿了
就是
滋養碧式當下的
達達和超現實的
筋骨與肉軀。

二〇〇九年冬季號《乾坤》

禪修的左眼（記左眼視網膜溢血之一）

睜開眼睛
就推開了靈魂的窗口
我的感官世界
在一樹紅花綻放的光澤裡　跳躍

在詩中
我喜以黑隱喻，創造黑的意涵
而一塊不明動因的　黑
遮蔽了，我的左眼

醫生說
我的左眼視網膜，出血了
自此，左眼的視覺偏紫

自此，心中暗忖，左眼中　是否
有個凝縮頓悟的自己
不肯出走。因

他　已在禪修。

二〇〇九年七月《文訊》

虛無的視覺（記左眼視網膜溢血之二）

在左眼中
我急切的想　飛
如牆垣阻斷了去向
這樣也好，可把自己忘在左眼裡

如沉醉在飄墜的落葉上
視覺沉浮在抑揚頓挫中
這　絕非日昨即興的演出
在視覺晦澀性的黑裡
我已在意象內與自己相遇
竟歸向沉思自我的虛無

使風景後設
在高貴的
黑
之
上。

二〇〇九年七月《文訊》

一種活水的流動

OS：
是否　你尚未啓程？

那被自己召喚
走出鏡體的自己。穿越
空間之　風。是
一種活水的流動

看　風中之樹，與樹下之我
隱身在主角身後，獨處
乍然　想及

緝捕　風
與
老莊　歸案。為
破解
在迷思中
出走的空間
酸味。

OS：
是否　你尚未抵達？

二〇一〇年春季號《新原人》

月光與我都被驚醒

一天
我　夢裡夢外的忙活著
把自己提升至一朵菊的高度
以詩的意象
先包紮好自己
成為實足的傷者
而後　動手培植所需的詞語

咚咚
夜半傳來叩門聲
月光與我均被驚醒

一隻手，由夜的背後伸了過來
咬著我不放的　是夢。因
我正裸泳在萬浪拍岸的浪花中
化解自己歸類為　菊
在　淡雅的幽香裡
悄然　男伶似的走下樓來
為何　幽香中
每朵浪花都同聲嚷著
說：
你　根本沒有　睡。

二〇一〇年春季號《新原人》

時間在時間的骨血中走出

你是誰？

在感官的世界裡
僅只是我一個人
赤裸裸的。平躺在空無一物的
房間之內
的　意象之中

額際是一望無垠的　海
浪花滾動著宛如珠光寶氣的字詞
發光　發熱

哦　我穿戴以浪花
雍容華貴　榮耀滿身

驀然
四壁金碧輝煌了起來
在光的境域中富甲天下
時間已由時間的骨血中走出
夫復何求

光的至極為　火
我又是　誰？

二〇一〇年春季號《新原人》

這故事由來已久

似乎是伸手可及
這故事由來已久

有人說
這是眼睛、鼻子、耳朵、嘴的場所
僅有嗡嗡的聲音
沒有高低、方向和結論
成千上萬的入住者，佔據了
一座城。一幢公寓。一個房間

（他想飛。）

這故事
沒有　答案。沒有
細節和對話
深遠處卻永續的有句回音：
「你是誰？」

他
於其中，活著。而
早就被淹沒在自己的拒絕中。

二〇一〇年春季號《新原人》

卷六

實有的空間（十八首）

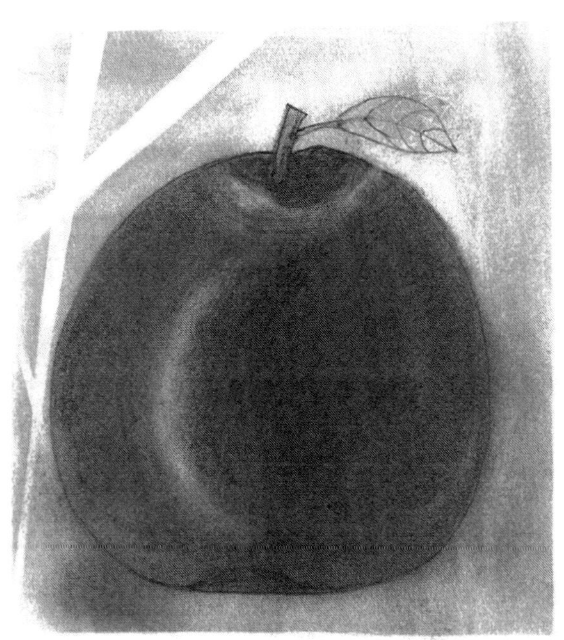

鏡象

佇立在鏡前
他　就會有
一個他
由他的內納的
他　走出來　看
他。

人
應該是
一面
反芻自己和被反芻的

鏡體
獸。

所以
存在如我者
正　啜飲一杯
釋放昨日今日與明日
並以詩　餵魚的
顆粒奶茶

二〇〇九年四月二十日《聯副》

動物鏡子

我有一帖解毒妙方
是走進有山有水的風景
看花開　聽鳥叫
如遇喧嘩來自風景之外
蛻為哲學，別開門
把它歸類為一場鬧劇
也　不無道理

絶非
離經叛道
有史以來，解毒妙方

就是走進有山有水的風景
看花開　聽鳥叫

不信
去問東籬之菊，南山之蝶
篤定都會說
我是一面百毒不侵的
動物鏡子

二〇〇九年六月十八日《聯副》

註：入選二〇〇九年年度詩選。

實有的空間

黏濕沾著河的體膚
橋身弓著，來杯冰茶最好

放浪的異鄉人如　雲
依劇情訂定我們的　位置
乃空白舞台的左上方
或者：
？
請勿驚惶失措
而應誇張自我的頭、手、及
胃肺、眼耳、口鼻

為的是把舞台填充盈溢
因無法答覆的是面對

抓住扶手，停止浮沉和下滑
昂首仰視，也僅僅見樹見山見水
四季在我們冥思的心中運走
再自柔軟的黑裏吐出
恰似一隻貓兒以股側貼緊主人褲管
啄木鳥依然剁剁啄食驚悚的蟲
柱光燈下佇立的正是你和我

以及
滿眼
生香的
星期一。

二〇〇〇年二月二十三日《自由》

說路

總歸，你生有四肢
也是由此經過
和我一樣。

來，或者，去。

唔
引以為傲的是
山知道。水也知道。
左右的景色
已由美中走出你和我的

春、
夏、
秋、
冬。

二〇〇八年十月十八日《聯副》

夢與自剖

我是林中逃遁而出的
槭，或楓
為了親近陽光，凝聚血淚
抽芽。張葉。開花。坐果。

而後
沒有結論。
揮揮手，什麼也不說，乘翅而去。
什麼也不說
反正輕重都在火化的

灰燼中。

二〇〇九年三月二十五日《聯副》

秋之瞳

手舞足蹈的心魂
在一句適度的話語中
佔有四壁，為天、為地

我趺坐在一張大床之上
陶醉為路的反向
難測的是
穿透貓瞳　看見
交頸在深深的深處。
而秋的秘密，已豪放在
那杯淡黃的清茶裡　等你。

唔
左右前後，都在陷入一種翱翔
翱翔在那杯茶水之中
在有鳥　飛過的倒影裡
詩意而魔性的　張望。

二〇〇九年九月二十四日《聯副》

蘋果正傳

廳堂。長窗落地
砲聲隆隆，那是二戰的事了。
因　桌上白瓷盤裡
兩只艷紅的蘋果，在閃光

之後
四目對視，一絲
詭譎的笑意　飛逝
自此，他在她的眼中活著
她也在他的眼中　活著
夢。浸在窗外遠遠的浪花裡

夢著。你說
是反叛或解構均可，因
我們正在秋風裡　繽紛
在星墜的落葉上　讀秒
絕非　落荒而逃。因
桌上白瓷盤裡

兩只
艷紅的

蘋果，在閃　光。

二〇〇八年冬季號《創世紀》

渡口・現代式

讀至漆黑的質感逼近
凍結成夜的，當為形式與內容
在我曠野的肌膚上
卻旋起一陣陣微微的　風

左右昏睡在靜默的敬畏裡
肉體中，接近動物的是高音
如果　空間足夠
紅色的日出已誕生

一日，黑壓壓的人群
把分解後隔行的文字，在言說中異變
張開偉大的嘴巴，尖喊在狂喜中
與之慶典混淆。進食晚餐

骨肉的樣貌在無邊的四野浮現
因判死刑的　是　河
此刻勾勒在心中的
均為　或活或死的過客

自從沙特走了之後
氣的原初，乃你我的赤裸
止痛劑絕非自我雕成入夢的入口
因頻見月下鬼神膨脹的狂舞　仿火

如果　空間足夠
學習雲的樣子。不，是學習　魚
浮游在高樓琴音中，隱沒
遁入獸的層級

之後
生死僅是方向的轉義
一切隱匿眼中深黑發亮的深深處
左右，也非全心全意的左右

之後
暗示不可言說的超然
我們面對「他者」之外的看見
看見不是藩籬的藩籬

瘋狂的問題，不是不可化約
此生難忍的就是面對真實景物
蚊蠅不侵與爭吵不休的
一堆影子存有的感受

或許為詼諧與戲謔的後設
渡口上，喜見佩帶紅花的男男女女
昂首在啓航之前
身心頓悟。在不知不覺中

身
心
頓
悟
。

二〇〇八年冬季號《創世紀》

艾少雄的衣褲

——讀《銀光副刊》第一期隱地小說〈觀畫記〉有感

廢墟是墜落後的籍貫和姓名
呼吸尚存　一絲夢的光亮
蠕動在斷氣之前

他正在觀賞畫中的裸女——
我是樹。我是人。我是一粒塵
也是故事的結束與開始

在絕妙的空間裡竊笑
有如擱淺的船。他已

走出了衣褲。為
逃遁而赤裸。

我的全部都在這裡
從　蘇格拉底就是這樣了
而我們又都走入了，所謂的　衣褲。

二〇〇九年二月《文訊・銀光副刊》

註：一、艾少雄為〈觀畫記〉中，唯一的男主角。
二、蘇格拉底為倫理哲學家

十字路口

——讀林貴真〈十字路口〉有感

前
左←→右
後

我是一位名叫魚的　魚
風說　雨也說
我是一位名叫
魚的

魚。

啊　一朵放射狀的紫堇花正在綻開

而　由捷運站游出來的
我　之魚我。
泰然面對之景物。
走入夜市

人流如河
水花翻飛中
都是光的腹語
我之魚我，煎、煮、炒、炸的
游了出來
卻不見了
魚我
之
我。

二〇〇九年十一月十九日《人間福報》

曼陀羅・二〇〇九

很久　很久了
我們已定居在各種劇碼的
碎片之上
登高俯瞰是不可能的事
仿蛙人爬行，確為上策
皮肉　受苦而已

而已
是如影隨行的事
絕不做緊閉門窗的含羞草

因　家族屬性
是　鐵蒺藜。或
遍體毒液的
曼陀羅。

二〇〇九年十二月三十日《自由》

河想

如果
把自己擲入激流的河水
與一支空瓶子結夥
肉身的刺痛，來自發瘋的滾動
上下翻騰，浮沉不定
激賞的人群在岸上
以一種表演的眼睛，望著瓶子

啊　其中僅有一人的眼睛在內視自己
在靈魂的深處

淚流滿面。

二〇〇八年一月二十八日《聯副》

乘車回北投

以時空為胚胎孕育生翅的
文字與語言，在你我的面前
翔舞　魚與蝶的夢境美景
應是你我之外的你我在觀賞
左右、上下、前後

唔　我處身在西門町南站的
公車亭，候車
回頂北投山腳小段。因
那邊的我　在　等　我。因
以時空為胚胎孕育生翅的

文字與語言
因　你我是赤裸的
因　美景在當下之外等待
等待一樹纍纍的香杏與蜜桃
或者，自主光暗的　臉。

二〇〇八年三月六日《聯副》

行道樹

——說給存在主義大師海德格爾聽

我向捷運站走去
還是捷運站向我走來
唔
是我走向捷運站的
方向。也是
捷運站的方向
走向我

今天早上的風景中
我　看見風景之我
在風景中。

啊　前後左右都是我在看我
而　看見
風景中的 我們。

因為
我們都是　樹。

二〇〇九年八月十六日《自由》

第八號感覺

有支歌
在記憶裡
張開嘴
發聲。

風
就這樣形成了。

去年春天
某個晚上
也這樣的

在一本詩集中
嗅出這種味道
最
接貼近迷迭香的
感覺。

舉目
餐桌上，白瓷盤中
是　法式的
兩尾
從未完成懺悔的
魚。

二〇〇八年五月《幼獅文藝》六五三期

一續　第八號感覺

偶然
或者，必然
均可。
想及
世界
就是這麼大，一個
逗點似的
我才醒了過來
也只有這當口
過癮呵
當起自己的

舵手。而
在心的深處
浮
出
水
面。

二〇〇八年五月《幼獅文藝》六五三期

再續　第八號感覺

你的眼睛
在每一瓣花瓣上
睜開
最後，最後之最後
你一定會看見
在暗處
窺視你的
該是誰。而
一座陽光下的
捷運車站，在你眼中
已蛻變為

一句
慘白得發亮而全裸的
人體浪花。

二〇〇八年五月《幼獅文藝》六五三期

三續　第八號感覺

這僅是
一場遊戲
如　一朵花，盛開的
一句話，由我心的位置
奪門而
迅然　成為
紫與黑混色而成的
夜。
這僅是一場遊戲
不必回應。因
詩　可以行醫。因

黑暗的
臥室內，已
有燈燭之族，詩裡詩外的
笑出聲來。
笑出聲來。

二〇〇八年五月《幼獅文藝》六五三

附錄

讀碧果〈人生四題〉

林德俊

以文解詩，是件危險的事情，對碧果的詩尤其如此。

他當然是臺灣超現實主義的代表性人物之一，但我想換個說法：他是一個永恆的極限運動家，逼近某種形式的極限，在腔調、意象、語法上發展出堅固的系統，銅牆鐵般，只屬於他自己，兼容哲理的冷靜，和肉慾的暴烈。讀碧果的詩，若不放任自己的意識更加流動，難以出入其語言之魅而自得。碧果堅持「自我語言」的路途跋涉得比同代的其他前衛者更遠。

第一題，跟隨詩人之眼，我們看到的便不只「嫩黃的芽」之外象，而是更貼近本質的卵、核、籽。

第二題，讓我想到電影《班傑明的奇幻旅程》（The Curious of Benjamin Button），童與老，生與死，與其視為二元對立，不如說是一體兩面，就像「耄耋之身的嬰體」所揭露的「逆向的存在」。

第三題，則引我墜入如夏目漱石《夢十夜》瑰麗奇詭的夢境氛圍裡，浪花和臟器進行了主客異位，浪花彷如化為有生命之物，化為流動之意識，去尋索一根斷髮的啟示。

第四題，洞悉「不朽」乃褪去一切「有」、「無」之「原初」，那是超乎線性時間之規則的。進入如此洞悉的視野，前提是得「剝開　什麼」，就像剝開這首詩一般。

讀碧果的詩，我總是貫注全神的，而且還帶著那麼一絲冒險的心，也正因如此，他總是將我閱讀的當下幻化出既冒險又清明的時空。

——原文發表於二〇〇九年八月號幼獅文藝

附錄

雪釀的私語
——專訪前輩詩人碧果先生

紫鵑

前輩詩人碧果先生，早年以異軍突起的姿態，在詩壇上吹起獨樹一格的詩風。現在讓我們一起分享，過去的他與現在的他，最大的差異在何處。

（編者按）

紫：碧果先生，一九四四年您只有十二歲，卻已經閱讀過《紅樓夢》與《金瓶梅》這兩本中國古典小說。請問您當時閱讀啟蒙來自何處？請教您是早慧型的詩人嗎？當年讀得懂這兩部小說嗎？尤其是《金瓶梅》描繪男女私情的故事。

碧：這絕對不是我咬一口剛出爐燒餅時喜悅的心情，因為無論是哪位訪問者，都釘好許多框框，其目的，就是要把受訪者框起來，慢慢地欣賞。所以，我極不願意受訪。再者，我臨場的語言表達能力很差，這證明我的學問不怎麼高深，駭怕露底，以及，我深埋心底不願曝光的隱私。

看吧，一開始就這麼多框框（他看了我擬的訪問題之後，睜大眼睛向我抗議）。這些古典小說，都是在外婆家讀到的。我家裡貧困，我也不是早慧之人。神童沒有幾個，因為都短命。這些書都是同表兄弟們一起閱覽的。不懂，就問兩位長我十幾歲的表哥。

嘿嘿！我那時已不是完整的處男了！

紫：一九五四年您隨軍隊駐防白肯列島，在一九五五年發表第一首詩〈黃昏〉於《野風》月刊。請教您從什麼時候開始寫詩？受到什麼人的影響及其經過為何？

碧：發表第一首詩，是在《野風》月刊上，那時《野風》主編是田湜先生，他給了我鼓勵和勇氣。自己也要有恆心和毅力才行，就這樣一直寫了下來。

我對詩、詞，在我讀古典小說時就產生興趣了，此後，它對我一直糾纏不休，一直至今，還是糾纏著我不放。凡是我閱讀過的詩詞等各文類，對我都有莫大的影響。因為，我們都是活著的平凡人，是學無止境的，日常生活就是一本大書。

紫：一九六八年您參加詩友們合資的「作家咖啡屋」，第一次上台朗誦自己的詩作，請問是哪一首詩？許多老詩人常提及「作家咖啡屋」，請教您「作家咖啡屋」的性質與來由為何？

碧：「作家咖啡屋」，我沒有投資。但「作家咖啡屋」對當時文藝界起了很大作用。它可以把當代的藝術家、作家、詩人聚攏在一起，將當代思潮搞出一些名堂，對爾後的藝文界影響頗深，功不可沒。

「作家咖啡屋」開幕不久，辦了一次大型朗誦會。當時，我第一次朗誦詩，是一首還沒有命題的作品之一，後來出詩集時，才標上詩題。〈神哦・神〉（在《碧果人生》一九一頁），在此之前，我從未朗誦過。經過這次朗誦之後，得知自己的口齒、節奏、音色、情感都掌握得很好，而獲得同儕肯定。之後，信心大增。而朗誦的「活」，就此開始了！

紫：據悉您住北投多年，並將自己的房子取名為「孵岩居」，請問「孵岩居」具備了什麼含義？

碧：我一九六〇年，來北投的。「孵岩居」就是生活在岩石之上。因為，坐落在大屯山腳。

紫：讀您的詩，必須全神貫注。一開始，讀《碧果人生》，我完全被困住，我得了「閱讀困難症」，就這樣擱淺了好幾日，才又拿起來重讀。感覺您製造一個「密閉空間」讓讀者進入，也讓讀者迷失在這「密閉空間」中，這是您的企圖嗎？讓「錯亂」在詩中四處逃竄，讓「乃」與「之」呈現獨立又強迫性的多重面貌。可否分享當時您為什麼喜歡用「乃」與「之」字？您最初的構想是什麼？

碧：《秋・看這個人》，是我第一本短詩集（一九五九年出版），中間隔了三十年（一九八八年）出版短詩集《碧果人生》。《碧果人生》這本詩集編排上，我只是稍微耍了一個小小的怪招，就像我倆面對坐著，我把作品編年表正過來給你看。那麼在我眼裡的字體，就是倒過來的，不是嗎？其實用意就是要你先看我現在的模樣，再反身一步步的遠離我，看我過去的模樣。

對一般人來說，這是不太習慣的。如果，都是大家習慣的，我不就與大家一樣了嗎？我沒有製造什麼「密閉空間」，但「密閉空間」是我的內心世界。詩的作品是讓創作者的「內心世界」裎露在作品之中表現出來。所以也不是你所謂的「錯亂」。——如果，讀者還是迷失在「密閉空間」裡，那就不是作者的問題了。

至於「乃」與「之」字出現詩中，沒有多大的意思，只是「是」與「的」之替身而已，我僅是視需要而給它一個適當的「位置」而已。

紫鵑呵，你在我心目中，是「現代詩」壇年輕女詩人群中，佔有「優」級位置的。我絕非你訪問我才這樣誇你，在你出現詩壇，我就注意到了。

詩人，日常多數都是生活在「詩」的反面，我們都沒有例外。所謂反面，也就是生活在俗世的生活中，度著義務的人生。詩的創作者，所不同的是，我們還有自我人生。讀詩、寫詩，自己設法轉身，進入自我的內心世界，呼吸自我的空氣，在私我思想的定律中，尋索新的事物，創新自己的語言。雖是有如蟬蛻的過程，也是其樂無窮的。

我想，你也有同感吧！

今天，你來訪問我，（平時，碧老是個話不多的人，在許多場合他都扮演旁聽的角色。）卻把多年要說的話，引出來了。因為，你在詩的領域是位努力而執著的，頗有潛能的創作者，說給你聽聽也是理所當然的。

詩，重沉思與反觀。詩人生活在現實中的物質享樂與義務人生的空間裡，必須是一位辛勤的沉思者，否則，他就無法進入私我的內在世界的自我空間去沉思現實。反觀自我。簡言之，這是個超常的空間，也就是所謂的詩性的空間。詩，不是哲學。詩人生活中的點滴，都是哲學，包括痛苦與喜悅。所以，所有的肉體都是哲學的場域。因為詩人與詩都是經過自身的存在而進出；這種進出，叫做「經驗」。雖然，詩不是哲學，但詩來自人生哲學中的高潮點上。可是詩與哲學是分居在有門通達的隔間的房間裡，獨處。而姻親是禪。是道。

禪、道是：「今天的天氣……」。讀詩的創作，就是要讀者有所質疑。有質疑才能產生「聯想」，有聯想才生發「意境」。懸疑的美，才會更美。

其實「乃」與「之」，它沒有特別的意義，僅是與那時同儕寫作習慣不同。

紫：《碧果人生》這本詩集中，有許多長短句，您是故意這麼寫的嗎？還有〈前邊奔跑的是誘我們向前奔跑的生活〉及〈當我走出家門的紅磚小巷後〉，裡面有詩人少有的一、二、三等數字標示，感覺很新奇，請問您用意為何？

碧：詩創作絕非故意怎麼寫的事。至於長短句與一、二、三等數字標示，在詩中適得其所，就沒有問題。形式是視美學慾望（內容）決定詩之外貌。嘿嘿（笑了笑），這個不是問題，多讀幾遍，絕對會踩出點其中奧妙來。

紫：孟樊認為您是「困難詩人」，沈奇也說您是「自守一道，特立獨行」。您是超現實主義的實踐者，隨著意識流創作詩作。這一路走來您如何審視自己的作品？其中的變化如何？

碧：詩，是偷窺現實世界的一方窗口，也是直抵超現實世界的皇宮大道。詩是點性文學的表現，空間性較為窄小。無妨。詩人具有瞬間運作靈思妙想的意象想像，可使窄小空間展演出魔性的寬廣、深遠與遼敻，甚至在聯想的範疇內外，導佈一座座奇特瑰麗的迷宮，矗立在你我見與未見的現實世界中。

所以，把我歸屬在什麼「派」，什麼「主義」，我都欣然接納。因為我端出來的，是我嘔心瀝血的「作品」。

我堅決反對，把我歸屬在「意識流，自動書寫」的那一流。因為詩人為凸顯內在世界中的熱力四射的自我，把詩的語言擺盪在自我之內外，脫掉久已習慣語言衣著，這種語言奇詭多變而富饒。因為，詩人實存的另一面，是空虛、沉默與孤獨的享樂。詩人，可隨心所欲的出入現實時空，更可自由陳述事與物的真偽。詩人應建立自己的語言、詞語的獨特性，在文字語詞中開疆拓土，在存有中創作，使其肢體在「法本法無法，無法法亦法」中，吃、喝、拉、撒、睡。野生野長的使其肢體成形，這就是「風格」。（說到這裡，他沉思了片刻。）

我想，每位現代詩的作者，在其作品中，都有其超現實的「意象」詞語出現在作品之中。我認為，詩的骨血在「意象」。「意象」，在詩中的異變轉位是經由內心世界想像空間的內化運作，經過辯證與邏輯的提升和超越之後，始能臻至「超現實」主義作品表現的精髓，這也是一種創作詩的技法，我喜歡。——我每個階段的作品，都有所變化。多看幾眼，就會發現。

紫：《愛的語碼》有許多小瘋子分佈在許多首詩中，其中一首〈我已把你讀成觀音〉是我喜愛的一首詩。觀音是佛，請問您為何在詩中，將觀音想像成小瘋子？

碧：紫鵑，你說你喜歡《愛的語碼》詩集中的那首〈我已把你讀成觀音〉的小詩，嘿嘿（笑了笑）我也是。你如果問我為什麼？嘿嘿（他又笑了笑）。紫鵑，你聽，窗外樹上的蟬聲，正在向你訴說原由。——〈我已把你讀成觀音〉（原詩如後）：

呼喚你名的
是走在夢裡夢外的那個我

如醒在三月繽紛的露珠裡
我　是蝶與蜂的弟子

小瘋子，泉是你的　水是你的
泉水四周的春的夜與晝何嘗不是
你　是薔薇的家族

笛鳴為你　花紅為你
在淺紫色灼人的苦楝花樹下
小瘋子你已被芬芳為
一位喃喃說花為
夢的
智者。

蒞臨吧？水雕的小瘋子
我已把千年寶蓮托起

紫：《說戲》這本詩集有獨幕詩劇〈原來如此〉與〈我們是被孵育著的一個卵〉，請問這曾經演出過嗎？您也曾寫過〈雙城復國記〉、〈萬里長城〉歌劇。請問詩劇和歌劇最大差異是什麼？最理想的詩劇該具備什麼條件？歌劇詩文重要？還是歌曲重要？您著重在哪個部份？

碧：〈原來如此〉與〈我們是被孵育著的一個卵〉，是我早期的兩齣詩劇。它們沒有演出過，只有在我的「心靈舞台」上，演給自己欣賞。其實這兩齣戲是可以演出的，因為它戲劇的張力很強。只好靜待有緣人了！歌劇，是很麻煩的一種文類，它是集各種藝術之大成的工程。一定要與音樂家合作無間。總之，我以後不寫。

紫：您善於營造密閉空間，又細微地切割密閉空間，切割自己，壓迫讀者，讓讀者無法呼吸時，又偷偷開了一扇小門留白，也給自己呼吸的空間。在《一隻變與不變的金絲雀》中，〈門的冥想〉似乎可以看到您詩的脈絡與答案。如果詩是一扇門，為什麼您一直不斷強迫自己開門？不停地打開這些門之後，您看到了什麼？最想得到些什麼？

碧：這是你讀我作品的感覺。我不置可否。不過，我在創作的作品中從來沒設門，都是四通八達開放的場域。至於，怎麼進入？如果，你認為有門，而由哪扇門進來，這就不應該是作者的事情了！

紫：《肉身意識》是您近期的一本詩作，也是這麼多本詩集中，我個人最喜歡的一本。因為那些銳利的尖角不見了，取而代之的是您內心的呼喚。二大爺是您，二大娘也是您。當年張漢良說《碧果人生》是您的自傳，那麼我斗膽認為《肉身意識》是您內心最誠懇的解剖與自省，請您分享最初創作的原因。

碧：《肉身意識》是二〇〇七年夏天，由爾雅出版的一本詩畫集，這也是我滿意的一本短詩集子。你說的很對。我想每位詩的創作者，都會表白自己的一切，解剖與自省，說它是詩的自傳或自傳的詩，都不為過。因為我們創作的基點在「人」。「人」是我們最初創作的基點。

至於你說喜歡的原因，是因為那些銳利的尖角不見了。所謂「尖角」不是不見了，而是我當下把「尖角」反轉了過來，刺向更深層的「自我」。《肉身意識》整體作品的表現，也許是我比過往的作品更貼近了「純感性」的人性原始美的位置。

一位創作詩作品的人，為了詩中所需字詞的暗喻或象徵的技法，常在想像空間，尋求意外的喜悅。在喜悅中，發現得以對應的新的事物。或者是與新的事物相遇，而詩就這樣出現了新的詞語，「新的命名」。

讀者可能因為這種表現、詞語，太過稀奇、鮮亮，感到難以進入，或感到晦澀難懂。其實我認為讀者不必太往深奧、不解處去思索。因為讀者與作者主觀意識不同，情思的位置，當然也有所差異，甚至閱讀的時空、角度、情緒也難契合，所以閱讀者產生了難懂的問題，這是可以理解的，因此，就會誤讀，誤解吧！但這無妨，讀者誤讀、誤解所產生的奇思妙想，有時反而把作品的感官世界延伸到更廣闊的領域。我視此現象，為讀者的再創作。所以我認為誤讀、誤解，是許可而合理的。這也是使它產生「另類共鳴」的說法。

你說我善於在詩中營造「密閉空間」。其實我不是不能寫出讓讀者容易進入的作品；而是我的作品，都把自我挖掘得深深深的，很疼、很疼。有些自殘的現象。因為我不想詩的語言文字只到語言文字為止。

紫：前幾日在《自由時報》看見您發表一首新的詩作〈行道樹——說給存在主義大師海德格爾聽〉。人與人，樹與樹，人與樹，人與時間、空間，樹與時間、空間，在您眼裡成了「牽掛」。海德格爾說的「牽掛」是一種狀態，您的看法為何？為什麼您要說給海德格爾聽？

碧：這個時間（碧老看看錶）應該是我午睡的時間。〈行道樹——說給存在主義大師海德格爾聽〉是近作，發表在《自由時報副刊》。你詮釋的非常好，對，是一種「牽掛」，對人、對物、當下、未來，都是一種「牽掛」，也是一種「觀照」。所以海德格爾說：「語言是存有的家。」我現在朗誦給你聽：

我向捷運站走去
還是捷運站向我走來
喔
是我走向捷運站的
方向。也是
捷運站的方向
走向我

今天早上的風景中
我　看見風景之我
在風景中

啊　前後左右都是我在看我
而　看見
風景中的　我們。

因為
我們都是　樹。

紫：您是一個詩人，也畫了許多插畫。您曾在一九七一年為《中華文藝‧詩專號》畫插圖五十餘幅。也曾在一九七六年為洛夫抒情詩選《眾荷喧嘩》詩集畫插圖。請問您從何時開始喜歡插畫？它在您心目中扮演什麼樣的角色？

碧：一九五〇年代我就亂塗一通了。我在畫插畫時也跟寫詩一樣很痛苦，也是野生、野長的。但完成一幅小小的插畫時，我卻很快樂。

紫：晚年之後，您現在最大的期望是什麼？對現代詩壇有什麼看法？

碧：還沒有「之後」。現在我還活著。再兩年，我八十歲，能再印本詩集，是我的願望。你問我對現代詩壇有什麼看法？下次，找時間再聊吧！謝謝！詩人紫鵑小姐「不遠千里而來」訪問我。

——原文刊於「乾坤」詩刊二〇〇九年冬季號

語言文學類　PG0410

詩是屬於夏娃的
——碧果詩集

作　　者 / 碧果
責任編輯 / 黃姣潔
圖文排版 / 賴英珍
封面設計 / 蕭玉蘋

發 行 人 / 宋政坤
法律顧問 / 毛國樑　律師
印製出版 / 秀威資訊科技股份有限公司
114台北市內湖區瑞光路76巷65號1樓
電話：+886-2-2657-9211　傳真：+886-2-2657-9106
http://www.showwe.com.tw
劃撥帳號 / 19563868　戶名：秀威資訊科技股份有限公司
讀者服務信箱：service@showwe.com.tw
展售門市 / 國家書店（松江門市）
104台北市中山區松江路209號1樓
電話：+886-2-2518-0207　傳真：+886-2-2518-0778
網路訂購 / 秀威網路書店：http://www.bodbooks.tw
國家網路書店：http://www.govbooks.com.tw
圖書經銷 / 紅螞蟻圖書有限公司
114台北市內湖區舊宗路二段121巷28、32號4樓
電話：+886-2-2795-3656　傳真：+886-2-2795-4100

2010年8月BOD一版
定價：270元

國家圖書館出版品預行編目

詩是屬於夏娃的——碧果詩集 / 碧果著-- 一版.
-- 臺北市 : 秀威資訊科技, 2010.08
面； 公分. --（語言文學類 ; PG0410）
BOD版
ISBN 978-986-221-550-0（平裝）

851.46 99014308

讀者回函卡

感謝您購買本書，為提升服務品質，請填妥以下資料，將讀者回函卡直接寄回或傳真本公司，收到您的寶貴意見後，我們會收藏記錄及檢討，謝謝！

如您需要了解本公司最新出版書目、購書優惠或企劃活動，歡迎您上網查詢或下載相關資料：http:// www.showwe.com.tw

您購買的書名：____________________

出生日期：________年________月________日

學歷：□高中（含）以下　□大專　□研究所（含）以上

職業：□製造業　□金融業　□資訊業　□軍警　□傳播業　□自由業

□服務業　□公務員　□教職　□學生　□家管　□其它____

購書地點：□網路書店　□實體書店　□書展　□郵購　□贈閱　□其他

您從何得知本書的消息？

□網路書店　□實體書店　□網路搜尋　□電子報　□書訊　□雜誌

□傳播媒體　□親友推薦　□網站推薦　□部落格　□其他________

您對本書的評價：（請填代號　1.非常滿意　2.滿意　3.尚可　4.再改進）

封面設計____　版面編排____　內容____　文／譯筆____　價格____

讀完書後您覺得：

□很有收穫　□有收穫　□收穫不多　□沒收穫

對我們的建議：____________________

____

____

____

請貼
郵票

11466
台北市內湖區瑞光路 76 巷 65 號 1 樓

秀威資訊科技股份有限公司 收

BOD 數位出版事業部

....

（請沿線對折寄回，謝謝！）

姓　　名：＿＿＿＿＿＿＿＿　年齡：＿＿＿＿　性別：□女　□男

郵遞區號：□□□□□

地　　址：＿＿＿＿＿＿＿＿＿＿＿＿＿＿＿＿＿＿＿＿

聯絡電話：(日)＿＿＿＿＿＿＿＿＿＿(夜)＿＿＿＿＿＿＿＿＿＿

E-mail：＿＿＿＿＿＿＿＿＿＿＿＿＿＿＿＿＿＿＿＿